AF343951

OBJETS D'ART

ET

D'AMEUBLEMENT

DU XVIIIᵉ SIÈCLE

Meubles en tapisserie de Beauvais et d'Aubusson

TAPISSERIES DES GOBELINS

ET D'AUBUSSON

TABLEAUX ANCIENS

Objets d'Art & d'Ameublement

DU XVIIIᵉ SIÈCLE

MEUBLES EN TAPISSERIES DE BEAUVAIS & D'AUBUSSON

Tapisseries des Gobelins et d'Aubusson

TABLEAUX ANCIENS

CONDITIONS DE LA VENTE

Elle sera faite au comptant.

Les adjudicataires paieront *dix pour cent* en sus des enchères.

Paris. — Imp. Georges Petit, 12, rue Godot-de-Mauroi. — 16255-06.

CATALOGUE

DES

OBJETS D'ART

ET

D'AMEUBLEMENT

DU XVIII SIÈCLE

Important Meuble de Salon

EN TAPISSERIE DE BEAUVAIS DU TEMPS DE LOUIS XV

TAPISSERIE DES GOBELINS

Par AUDRAN

Scène tirée de l'*Histoire de Don Quichotte*

TAPISSERIES D'AUBUSSON

MEUBLES DE SALONS EN ANCIENNE TAPISSERIE D'AUBUSSON

Paire de Vases en ancien biscuit de Sèvres

MEUBLES D'ÉPOQUE LOUIS XV & LOUIS XVI

Commodes par DELORME et RIÉSENER

TABLEAUX ANCIENS

PAR

GUYP [ALBERT], DE POUCH, GRIMOU, ETC.

DONT LA VENTE AURA LIEU

HOTEL DROUOT. SALLE N 6

Le Mercredi 23 Mai 1906, à 4 heures

COMMISSAIRE-PRISEUR : Me LAIR-DUBREUIL, 6, rue de Hanovre

EXPERTS

Pour les Tableaux :	*Pour les Objets d'art :*
M. GEORGES SORTAIS	MM. PAULME & B. LASQUIN fils
11, rue Scribe	10, rue Chauchat — 12, rue Laffitte

EXPOSITIONS

PARTICULIÈRE : *Le Lundi 21 Mai 1906, de 2 heures à 6 heures*

PUBLIQUE : *Le Mardi 22 Mai 1906, de 2 heures à 6 heures*

Objets d'Art & d'Ameublement

DU XVIIIe SIÈCLE

---

1 — PAIRE DE VASES COUVERTS, forme Médicis, en ancien
biscuit de Sèvres, pâte tendre, entièrement décorés en
blanc sur fond bleu clair, de bas-reliefs à sujets mytho-
logiques dans le goût de l'antique ; la panse renflée est
ornée de feuillages et de rinceaux ; le piédouche, à
moulures avec canaux, est enrichi d'ornements divers :
les anses ajourées sont à double mascaron, et les cou-
vercles à feuilles sont surmontés d'une pomme de pin.
Socles en marbre blanc.

Haut., 57 cent.

2 — COMMODE DU TEMPS DE LOUIS XV, ouvrant à trois
tiroirs, en bois de placage. Elle est ornée, sur ses trois
faces, d'encadrements à rinceaux et feuillage, avec poi-
gnées de tirage et entrées de serrure sur la façade, en
bronze ciselé et doré. Elle porte, sur le pied antérieur
gauche, l'estampille du maître ébéniste *Delorme*.
Dessus de marbre blanc moderne.

Haut., 90 cent. ; larg., 1 m. 10.

2

3 — **Table a jeu du temps de Louis XVI**, de forme triangulaire, dite *chapeau de curé*, à quatre pieds, forme gaine, dont un mobile destiné à supporter la moitié du dessus se rabattant à charnière. Elle est en marqueterie de bois de placage de couleur, avec médaillons à fleurs sur le dessus et entrelacs sur la ceinture.

Larg., 1 m. 25.

4 — **Deux consoles d'appui du temps de Louis XVI**, en bois sculpté doré, composées dans le goût de De Lafosse. Un trophée d'attributs militaires est retenu par une chaine à un tronc d'arbre, dont le feuillage s'épanouit pour supporter la tablette, de forme demi-circulaire moulurée à feuille d'eau, entrelac et ove. Dessus de marbre blanc veiné.

Haut., 93 cent.; larg., 67 cent.

5 — **Commode du temps de Louis XVI**, en bois de placage, ouvrant à trois tiroirs, avec partie saillante sur le devant. Le tiroir supérieur, plus bas que les deux autres et séparé d'eux par une astragale, est ornée d'une frise de feuillage en bronze ciselé. Chutes sur les côtés, entrées de serrure et autres ornements de même matière. Elle porte, sur le pied postérieur gauche, l'estampille du maître ébéniste *Riésener*. Dessus de marbre blanc.

Long., 1 m. 33.

Jacques

MEUBLES

COUVERTS EN ANCIENNE TAPISSERIE

6 — AMEUBLEMENT DE SALON en ancienne tapisserie de la MANUFACTURE ROYALE DE BEAUVAIS, de l'époque Louis XV, composé de neuf pièces : un canapé et huit fauteuils.

Le canapé offre, au siège et au dossier, sur un fond de paysage encadré de guirlandes et de torsades de fleurs sur contre-fond rouge, trois groupes d'animaux à sujets tirés des *Fables* de La Fontaine. Sur le dossier, à gauche, *le Loup et la Cigogne* ; au milieu, *le Coq et la perle* ; à droite, *le Singe et le Chat.* Sur le siège, à gauche, *le Renard et les raisins* ; au centre, *le Singe et le Dauphin* ; à droite, *le Renard et la Cigogne.*

Chacun des fauteuils offre une disposition analogue, mais avec un seul sujet au siège et au dossier : parmi les sujets représentés se voient : *le Lièvre et la Tortue, le Renard et le Corbeau, l'Aigle et le Hibou,* etc. Belle conservation.

Bois anciens Louis XVI, redorés, à dossiers rectangulaires et partie supérieure cintrée, les accotoirs en forme de balustres, avec cannelures en spirales. Ils portent l'estampille : *C. J. V. M.*

Longueur du canapé, 1 m. 95.
Hauteur du canapé, 1 m. 05.
Largeur de chaque fauteuil, 63 cent.
Hauteur de chaque fauteuil, 93 cent.

7 — AMEUBLEMENT DE SALON en ancienne tapisserie d'AUBUSSON du temps de Louis XVI, composé de neuf pièces : un canapé et huit fauteuils.

Le canapé offre au dossier, sur fond de paysage, une composition pastorale d'après un carton de *J.-B. Huet* : groupe d'enfants jouant avec une chèvre, à gauche, et enfant berger suivi deux moutons, à droite. Le sujet est encadré, à la partie supérieure, d'un lambrequin à draperie enguirlandé de fleurs, et, sur les trois autres côtés, de rinceaux feuillagés. Le siège représente une chasse au sanglier forcé par des chiens, dans un fond de paysage, avec encadrement sur trois côtés, de rinceaux enguirlandés, et, en bas, d'un lambrequin à draperie avec torsades fleuries.

Chacun des fauteuils, de disposition analogue, offre sur le dossier un sujet à personnage et sur le siège une composition avec animaux, tirée des *Fables* de La Fontaine.

Belle conservation.

Bois de style Louis XVI, dorés, à dossiers rectangulaires avec colonnettes, accotoirs en forme de consoles et pieds cannelés.

Longueur du canapé, 1 m. 85.
Hauteur du canapé, 1 m. 15.
Largeur de chaque fauteuil, 60 cent.
Hauteur de chaque fauteuil, 95 cent.

8 — AMEUBLEMENT DE SALON LOUIS XVI, en ancienne tapisserie d'AUBUSSON, composé d'un canapé et six fauteuils à dossier-médaillon. Les dossiers et sièges offrent, dans des motifs à draperie, soit des animaux, soit des personnages, sur fond de paysage à sujets tirés des *Fables* de La Fontaine.

Longueur du canapé, 1 m. 90.

TAPISSERIES

N° 9

Tapisserie de la MANUFACTURE ROYALE DES
GOBELINS, du temps de Louis XV, faisant
partie de la tenture :

L'HISTOIRE DE DON QUICHOTTE

et représente : *Don Quichotte consulte la
teste enchantée chez Don Antonio*, d'après
CH. COYPEL.

Le sujet, formant tableau, est dans un encadrement simulant
le bois doré et posé sur un fond damassé à carrelage jaune passé,
ton sur ton. L'alentour (le deuxième exécuté aux Gobelins pour
cette tenture) offre, en haut, un paon ; par côté, des guirlandes
de fleurs, avec des singes et la lance du héros ; sous le tableau
est un bouclier avec un guerrier en camaïeu, accompagné de
cornes d'abondance, de trophées de drapeaux et de motifs fleuris,
au centre desquels se voient, à gauche, un chien ; à droite, un
mouton. Enfin, dans un cartel inférieur, on lit, en lettres d'or sur
fond bleu, le titre du tableau.

La bordure, simulant un cadre à quadrillés et rosaces, présente aux angles supérieurs les deux L entrelacés, chiffre du Duc
d'Orléans, pour qui cette tenture paraît avoir été exécutée.

Dans le bas, à droite, la signature du tapissier : *Audran*.

Belle conservation.

Haut., 3 m. 25 ; larg., 3 m. 70 environ

N° 10

Suite de quatre Tapisseries anciennes de la MANUFACTURE ROYALE D'AUBUSSON, représentant :

LES PLAISIRS CHAMPÊTRES

Bordure formant encadrement à ornements et guirlandes de fleurs.

1° *Le Colin-Maillard.*

Dans un enclos, au milieu d'un parc, deux jeunes femmes lutinent un jeune homme, qui, les yeux bandés, cherche à les saisir.

Haut., 2 m. 80 ; larg., 2 m. 30 environ.

2° *La Main-Chaude.*

Sur un banc de pierre, dans un coin de jardin, un groupe de jeunes gens jouent à la main-chaude ; à droite, deux jardiniers placent des fruits dans un panier ; au centre, une porte ouverte laisse apercevoir un parc avec monument.

Haut., 2 m. 80 ; larg., 2 m. 35 environ.

3° *Le Tir à l'arc.*

Un tireur, assis au pied d'un arbre et tenant son arc, regarde son compagnon qui saute à la corde.

Haut., 2 m. 80 ; larg., 1 m. 20 environ.

4° *La Danse champêtre.*

Un ménétrier accompagne de son violon un couple de villageois se livrant au plaisir de la danse.

Haut., 2 m. 80 ; larg., 1 m. 05 environ.

N° 11

Tapisserie ancienne d'AUBUSSON à paysage animé de figures.

Dans un parc, un chasseur tire des oiseaux ; près de lui, assis sur l'herbe, un enfant présente un roseau à une jeune femme : à droite, un adolescent tient par la bride le cheval du chasseur.

Haut., 2 m. 35 ; larg., 2 m. 50 environ.

TABLEAUX ANCIENS

BEYEREN

(École d'ABRAHAM VAN)

DEUX PENDANTS

N° 12

Nature morte.

Sur une table recouverte d'une draperie, des huîtres, des poissons et un morceau de saumon: derrière, au fond. posée sur une barrique, une tranche de poisson dans un plat de terre.

Toile. Haut., 85 cent.; larg., 68 cent.

N° 13

Nature morte.

Dans un plat d'étain posé sur un entablement de pierre, un lot de poissons; au fond, derrière, une bourriche d'huîtres.

Signé du monogramme : *F. V. M.*

Toile. Haut., 85 cent.; larg., 68 cent.

3

CUYP

(ALBERT)

Dordrecht, 1605-1691.

N° 14

Portraits des enfants du Stathouder,
Prince d'Orange.

Au premier plan, un enfant blond, le frère aîné, vêtu à
l'orientale d'un costume rose éteint à broderies d'or, le cou enve-
loppé d'une écharpe de soie bleue à glands gris et bleu, les jambes
nues; chaussé de cothurnes, tenant par les pattes de derrière
deux lapins que lui remet son cadet, qui, debout, à gauche, coiffé
d'une toque noire échancrée, vêtu d'une tunique de velours
brique à crevés blancs sur les manches, est chaussé de demi-
bottes de cuir noir; un sac de buffle pend à son côté droit; à
droite, et tout près d'eux, apparaît une chèvre blanche, derrière
laquelle le plus jeune frère s'appuie en souriant; devant eux, à
droite, tout à fait au premier plan, une jeune fille assise sur un
tertre, la chevelure blonde ornée d'une chaîne de perles; elle
porte un collier à double rangée de perles au cou, surmonté d'un
bijou retenu par une chaîne sur la poitrine; elle est vêtue d'une
robe de satin blanc brodée d'or, à manches rayées de bandes
vertes et jaunes; elle tient de la main droite sur ses genoux un
chapeau de paille fleuri; elle se penche légèrement et prend de
la main gauche à terre, une gourde; derrière cette scène, à
droite, un épais massif se détachant sur un ciel bleu aux vapeurs
grises.

Rare et important spécimen du maître, signé en bas, vers
le milieu.

Toile. Haut., 1 m. 38; larg., 1 m. 59.

Provient des collections du Prince de Soubise
et de Rosenbraun de Hollande, au XVIIIe siècle.

DU POUCH
(Maître du pastelliste LA TOUR)

N° 15
Portrait de femme.

Vue de trois quarts vers la gauche, elle regarde le spectateur ;
la physionomie fine, elle porte une petite coiffure poudrée à
frimas, une petite coque de dentelle noire piquée sur la droite, et
au cou un nœud de satin noir orné d'un diamant et dont les rubans
tombent sur la poitrine, et terminés par une boucle de diamant ;
elle porte un corsage décolleté de soie bleu lapis à empiècement
brodé d'or, de larges nœuds blancs ornent sa poitrine, une
draperie de soie rose retenue sur son épaule droite ; à sa gauche,
un rideau de velours vert ramené sur une balustrade de pierre.

Signé et daté en bas, à gauche : *1743.*

Toile. Haut., 90 cent.; larg., 75 cent.

GRIMOU
JEAN-ALEXIS
1680 ?-1740

N° 16
Portrait d'une jeune fille.

Vue à mi-corps, appuyée sur un entablement de pierre, la
tête de trois quarts, légèrement penchée vers la droite, le corps
de face, sa chevelure rousse aux reflets blonds relevée en arrière
et retenue au sommet, à gauche, par un nœud de velours lie de
vin ; elle est vêtue d'un corsage de velours vert bronze à crevés
de satin blanc sur les épaules ; appuyée gracieusement de la
main gauche, elle retient de la main droite un voile de gaze
blanc sur sa poitrine.

Peinture d'influence rembranesque aux colorations fran-
çaises.

Signé et daté en bas, à gauche.

Toile. Haut., 81 cent.; larg., 65 cent.

PANINI

(ATTRIBUÉ A JEAN-BAPTISTE)

N° 17

Les Ruines d'un palais italien.

Au premier plan, à gauche, un portique envahi par la
mousse ; à droite, assis et debout, des faunes se jettent des
pierres ; plus loin, à droite, un temple, une pyramide, et, tout au
fond, l'arche d'une ruine derrière des broussailles, le tout se
détachant sur un ciel bleu orné de nuages blancs.

Toile. Haut., 1 m. 20 ; larg., 90 cent.

Le Cardinal Infant Don Ferdinand d'Espagne

RUBENS

(ATTRIBUÉ A PIERRE-PAUL)

N° 18

Portrait du cardinal Infant Don Ferdinand d'Espagne.

Il est représenté dans un encadrement ovale de pierre, en buste, de trois quarts vers la gauche, coiffé d'un feutre à larges bords relevés ; sa chevelure frisée est blond d'or, ses yeux regardent le spectateur ; il porte une fine et longue moustache blonde, un col de batiste à guipure orne son cou ; il est vêtu d'une cuirasse traversée d'une écharpe de soie cerise.

Le dessin du visage, très précis, fait contraste avec les accessoires très largement peints, et un œil expérimenté y reconnaîtra l'influence du grand maître Velazquez.

Nota. — Cette peinture doit être l'étude du grand portrait équestre de ce prince, elle fut acquise en 1804 et faisait partie de la collection du Comte de Schœnborn, potentat d'Allemagne.

Toile. Haut., 68 cent.; larg., 58 cent.